嗨！
想聽我
唱歌嗎？

魔鏡啊魔鏡，這個世界上，誰唱歌最好聽？
我是魔鏡，又不是電腦，每次什麼事都要問我， 根本只是要我稱讚你而已吧？又要最漂亮，又要唱歌最好聽，什麼都要得第一，這樣下去怎麼行……
哐啷
……

皇后又來問國王。
國王啊國王，這世界上誰唱歌最好聽？
當然是你啊。
啊，你怎麼知道的？可是別人好像都不知道耶。
那我們一定要舉辦一場演唱會，讓大家都知道。
來人哪！快去準備舉辦一場盛大的演唱會。
國王要慶祝什麼呢？
最近有什麼值得慶祝的事情？
皇宮買了新的垃圾桶？
王子擠了三十三顆青春痘？
昨天好吃的蛋糕還剩一口？
還是小火龍要過生日了？
好，就慶祝這個！

小火龍演唱會
音樂劇版

49元優惠價訂閱親子天下有聲書
（優惠方案到2024/12/31止）

國家圖書館出版品預行編目資料

小火龍演唱會：世界上最好聽的歌/哲也文；水腦圖.；蕭雅慧圖像協力-- 第一版. -- 臺北市：親子天下股份有限公司, 2023.08
40面；20x20公分. -- (繪本；0339)(小火龍；2)
國語注音
ISBN 978-626-305-516-2(精裝附光碟片)

863.599　　112008854

繪本 0339

小火龍演唱會—世界上最好聽的歌

文｜哲也　圖｜水腦　圖像協力｜蕭雅慧

責任編輯｜蔡忠琦　美術設計｜王薏雯　行銷企劃｜張家綺、翁郁涵

天下雜誌群創辦人｜殷允芃　董事長兼執行長｜何琦瑜
媒體暨產品事業群
總經理｜游玉雪　副總經理｜林彥傑　總編輯｜林欣靜　行銷總監｜林育菁
資深主編｜蔡忠琦　版權主任｜何晨瑋、黃微真

出版者｜親子天下股份有限公司　地址｜台北市 104 建國北路一段 96 號 4 樓
電話｜（02）2509-2800　傳真｜（02）2509-2462　網址｜www.parenting.com.tw
讀者服務專線｜（02）2662-0332　週一～週五：09:00~17:30
傳真｜（02）2662-6048　客服信箱｜parenting@cw.com.tw
法律顧問｜台英國際商務法律事務所・羅明通律師
製版印刷｜中原造像股份有限公司
總經銷｜大和圖書有限公司　電話：（02）8990-2588

出版日期｜2023 年 8 月第一版第一次印行
定價｜450 元　書號｜BKKP0339P　ISBN｜978-626-305-516-2（精裝附光碟片）

大消息！
慶祝
小火龍生日
特舉辦
小火龍
演唱會
世界上最好聽的歌
（不會唱歌的特別歡迎）
小火龍
親自主持
免得搶
了我的
風頭
人類和怪物
都歡迎參加
I WANT YOU
時間：現在
地點：這裡

歡迎主持人
小火龍出場！

小火龍之歌

我是小火龍，不是小恐龍，
喜歡洗澎澎，身上沒臭蟲，
我是女生不愛塗口紅，
我頭很大有點像燈籠，
每天心情都很好，不管晴天下雨還是颳大風，
什麼東西都不怕，不管老虎壁虎還是毛毛蟲！
我的夢想是飛上天空，
在天上唱歌，在雲裡游泳，
我的願望是像我哥哥，
希望讓每個人都笑呵呵，
雖然我現在只會ㄅㄆㄇㄈㄉㄊㄋ……

火龍哥哥之歌（火龍兄妹二重唱）

我是火龍哥哥

就是胳肢窩的胳

我喜歡坐公車

更喜歡垃圾車

打棒球我最強

打破很多玻璃窗

唱歌我也很棒
聲音好像看到蟑螂
請大家幫我加油
看是醬油麻油
還是沙拉油
不要鬧！
趕快溜！

火龍爸媽之歌

恰恰恰， 我是火龍爸， 恰恰恰， 我是火龍媽，
恰恰恰， 我很會烤玉米， 恰恰恰， 我很會吃披薩。
如果你聞到什麼味道香香甜甜，
那是我們火龍家在做甜點，
如果你聽到有人笑得嘻嘻哈哈，
那是我們火龍在跳恰恰恰！

接下來歡迎沙拉星球的
沙拉公主上場演唱！

沙拉公主之歌

我喜歡陽光， 我喜歡歌唱，
喜歡讓音符飛到藍天上。
我喜歡深呼吸，
我喜歡發光，
喜歡把別人的心
都照亮。

飛過銀河系，躲過流星雨，
穿越人馬座，繞過土星環，
只爲了尋找我的夢想舞臺，
那發光發亮的地方。

我是一個星際小歌手，
帶著大熊走十方。
我是一個星際小歌手，
坐著小火箭到處流浪。

接下來歡迎白雪公主和七矮人歌舞團！

白雪公主之歌

大雪大雪下不停，
白雪公主好心情，
下廚房，做鬆餅，
啦啦啦啦忙不停——

第一塊餅太薄，
第二塊餅太小，
第三塊沒味道，
第四塊不好咬，
第五塊掉地上，
第六塊燒——焦——
第七塊很奇怪，
第八塊吃太飽，
第九塊吃完快昏倒，
第十塊白馬王子
幫我吃好不好？

七矮人之歌

大雪大雪下不停，
七矮人呀在哪裡？
一二三四五六七！
第一個在洗碗，
第二個在拖地，
第三個去遛狗，
第四個洗廁所，
第五個去澆花，
第六個切西瓜，
第七個哭著回家找爸爸……

啊！ 魔女姐姐騎著掃把來了，
可是沒有人邀請她呀！

糊塗小魔女之歌

我是小魔女可是有點傻，
手一揮， 把爸爸變青蛙，
頭一點， 把暑假變寒假，
不是我愛胡鬧，
是魔法棒斷了沒辦法，
誰能幫我修好魔法棒，
我就回家！

魔法棒長這樣！

請找到魔法棒的五個零件

魔法棒修好後……

謝謝你！ 讓我試試看魔法棒靈不靈，

叮鈴鈴， 變出一隻小精靈！

啊，結果變出來的是……

吃飯怪獸之歌

我很怪　因爲我愛吃飯，
我很可怕　因爲很會吃飯，
我是吃飯怪獸　一天吃八餐，
我是吃飯怪獸　吃得一身汗。
把牙齒刷亮亮，　爲了好好吃飯，
把頭髮剪短短，　免得擋住飯碗！
我喜歡老師，　因爲他的頭像飯糰，
我喜歡校長，　因爲他的臉像便當，
我很喜歡上課，　因爲上課容易餓，
一放學就可以多吃好幾碗！

我最喜歡說的話是
「這個你不吃嗎？」
我最喜歡聽到的話是
「這個我吃不下。」

別人的媽媽都勸孩子說：
「要多吃一點才會長大。」
我的媽媽卻是說：
「求求你
留點飯給我好嗎？」

飯來了　吃光光
菜來了　夾光光
肉來了　啃光光
湯來了　喝光光

如果有一天我當選

宇宙大胃王

我要感謝煮飯的電鍋、
裝飯的飯碗、
媽媽的廚藝、 爸爸的菜籃！

唉呀，這隻怪獸差點把舞臺啃光光！

火龍家庭的工作歌

嘿唷嘿唷捲袖子，火龍爸爸拿錘子，

火龍媽媽搬梯子，火龍哥哥撿釘子，

我幫大家搧扇子，

努力當個好孩子！

不要讓大家等太久，趕快進廣告！
ROCK

廣告時間！ 本節目由「小熊兄妹的點子屋」贊助演出！

小熊兄妹的廣告歌

小熊妹妹穿著可愛的小洋裝，
小熊哥哥是個傻氣的大胃王，
小熊哥哥的肚子總是吃不飽，
小熊妹妹的點子總是用不完！
他們開了一家小店最近新開張，
不是餐廳飯館也不是水果攤，
不賣香蕉鳳梨也不賣酸梅乾，
不賣鞋子衣服也不賣太陽傘。
每天客人不斷根本不用宣傳，
不管你平常遇到什麼小麻煩，
請來小熊兄妹的點子屋試試看！
一個好點子只要一個銅板！
加上一個擁抱，如果你喜歡！

舞臺終於修好了，下半場的節目開始，歡迎笑嘻嘻蜥蜴！

笑嘻嘻蜥蜴之歌

鴿子的哥哥叫鴿哥哥

弟弟的笛子叫弟弟笛

青蛙的娃娃叫娃娃蛙

娃娃的襪子叫娃娃襪
香菇的姑姑叫菇姑姑
愛哭的巫婆叫嗚嗚巫
肚子餓的鱷魚叫餓餓鱷
沒發霉的草莓是沒霉莓
土里土氣的兔子叫土土兔
叔叔的書本叫叔叔書
只有一件衣服的醫生叫一衣醫
我是笑嘻嘻的蜥蜴叫嘻嘻蜥！

接下來是快樂松鼠少年少女合唱團！

快樂松鼠之歌

下小雨的時候是滴滴答答
下大雨的時候是唏哩嘩啦
一個人看漫畫是嘻嘻哈哈
一群朋友在一起吱吱喳喳
烤玉米的時候是劈哩啪啦
啃栗子的時候是咔啦咔啦
樓上鄰居練喇叭滴哩滴答
樓下鄰居吵架是嘰哩呱啦

春天的時候，看看花花

夏天的時候，吃吃西瓜

秋天的時候，落葉沙沙

冬天的時候，片片雪花

這就是快樂松鼠的歌，啦啦啦

快輪到我了吧？
好緊張。

最後歡迎所有觀眾上臺，
一起合唱這首沙拉公主
創作的歌：**就是這樣！**

就是這樣！

流星劃過時許下的願望，
酢漿草的四片葉瓣，
糖果盒裡的最後一顆糖果，
沙漠綠洲裡的清涼水塘。
大雨中，媽媽送來的雨傘，
漂流的水手，終於見到的港灣，
口袋裡最後一個銅板，
偷偷在心底藏了很久的夢想。

一切珍貴的東西，是不是就像這樣？

小海龜跑過長長的沙灘， 終於擁抱到海浪，
流浪狗撿到香噴噴的便當，
逆流而上的鮭魚， 終於回到家鄉，
用盡全力的蜜蜂， 終於逃離蜘蛛網。

值得慶祝的事情啊！ 是不是就像這樣？

但是， 但是，
珍貴中最珍貴的，
是單純的相信， 自己心中的光亮。
但是， 但是，
稀奇中最稀奇的，
是真心誠意的， 爲別人著想。

最值得慶祝的，

是飛越萬里星河，終於唱出心裡的夢想。

啊，是的是的，**就是這樣！**

貴賓室的皇后
快上場了，
我先練習一下。
咳咳
ㄚ ㄚ ㄚ ㄚ ㄚ ㄚ
啊～我是美麗的皇后，人間的天才，
啊～看我戴上皇冠後，真是翩翩風采，
比公主還瘦，
從小美到現在，
人人都愛我，
一點也不奇怪，
啊～喜歡我就快點說出來，
啊～快鼓掌別在那邊發呆。

嗯，不錯，我的歌聲真迷人。

應該快輪到我上場了……